AF450192

Marta Visconti

RITRATTO CON DEDICA

"Ricordate del passato ciò che vi fà piacere"
Jane Austen

A te che da lassù guidi sempre i miei passi

MILANO, 1929

1

SOFIA guardò di nuovo la strada mentre l'auto procedeva lenta nella nebbia; un tenue raggio di sole che squarciava leggero quel muro invalicabile le sfiorava i delicati lineamenti. Ascoltava il crepitio delle ruote sulla strada - come musica che accompagnava i suoi pomeriggi di fuga. Amava la musica fin dall'infanzia. Eppure quando Giovanni conduceva la Lancia Astura con la cappotta nera abbassata, spingendo sull'acceleratore a correre più veloce ... più veloce ... malgrado la nebbia, arrossiva timida. Poi, aprendo di nuovo gli occhi, poté scorgere il borgo che affacciava sullo specchio d'acqua del lago di Como. Tornò a gioire mentre osservava il palazzo, proprio oltre lo specchio d'acqua del lago, poi tolse la pesante mantella che l'avvolgeva. L'acida matrigna aspettava il suo ritorno in tempo per riunire la famiglia ... Purché le piccole confidenze non le avessero fatto dimenticare le buone maniere ... D'altro canto come potevano rinviare ancora una volta?

Giovanni si voltò a darle una veloce sbirciata e sorrise; lei, al solo sguardo, esplose in una delicata risatina. Era il culmine di una giornata magnifica.

Adorava le lezioni di canto e come sempre, aveva con sé, nascosti, gli spartiti. Il canto era un suo momento di piacere, sin dall'infanzia e, di tanto in tanto, bisbigliava in segreto alla sua amica Liliana che la sua più grande ambizione sarebbe stata quella di diventare la nuova Bianca Scacciati per vivere, studiare ed esercitarsi nel canto giorno e notte. Quest'idea, all'istante, la faceva ridacchiare felice. Era un desiderio del quale non poteva rivelare a nessuno, nella sua famiglia. Le lezioni private con la signorina De Martini le davano gioia e amore più di tutto il resto. Dedicava ore a esercitarsi, si impegnava tenacemente, fantasticando sull'idea che un giorno avrebbe debuttato al grande Teatro alla Scala. Ma i suoi sogni passarono prontamente dal canto all'amica mentre l'auto percorreva lenta il vialetto, portandola dalla sua adorata Liliana, figlia del podestà. Il padre di Sofia, Costanzo e il podestà, erano amici da sempre. Le due amiche condividevano quasi ogni cosa, i loro sogni, i loro desideri, i loro segreti. Da piccine avevano provato le stesse angosce e le stesse gioie e al momento Sofia sentiva di non doverla deludere, pur avendo promesso, a batuffolo di filo spinato, come era solita apostrofare l'acida matrigna, di non farlo. In definitiva, era una sciocchezza. Liliana richiedeva una sua visita. In una lettera a Sofia aveva raccontato di quanto si annoiasse circondata solo dalla piccola cerchia familiare. I viandanti si ritiravano sul ciglio della strada mentre l'auto procedeva ora lenta; Giovanni lanciava grida di saluto che attiravano l'attenzione. Per lei, Giovanni avrebbe rischiato una lavata di capo, ma Sofia gli aveva promesso che nessuno l'avrebbe scoperto. E poi, in definitiva, lui l'aveva accompagnata lì, da anni. Andava in visita alle sue amiche almeno tre volte a settimana; di conseguenza che male poteva esserci? La signorina Sofia era una giovane buona, bella, davvero incantevole. Dalla tenera infanzia, era sempre stata la piccina più deliziosa.

I poliziotti al cancello li fermarono e Giovanni frenò. Iniziava una leggera pioggerellina e due poliziotti si avvicinarono. Avevano un'aria minacciosa - ma solo fino a quando capirono di chi si trattasse. Sofia era conosciuta. Le fecero un saluto quasi impacciato mentre Giovanni riprese la sua marcia lenta verso la casa principale. Questa era la residenza preferita dalla moglie del podestà. Capitava di rado che abitassero a Palazzo "Visconti" a Milano, salvo per qualche ricorrenza o in occasione di celebrazioni solenni. La villa sul lago era il loro rifugio. Però, anche per lei, questo luogo era il favorito. Era proprio affascinata dalla madre di Liliana, tanto è vero che aveva chiesto che le realizzassero un ritratto simile a quello che ritraeva la zia Bianca Maria nella sua giovinezza, lontana e spensierata. In famiglia, l'estate prima, avevano deciso di accontentarla, chiamando un giovane pittore francese. Liliana, al contrario, la prendeva in giro costantemente dichiarando che l'amica le rammentava oltremodo la madre! Giovanni scese dal suo posto mentre due ragazzini si aggiravano intorno ad ammirare l'auto. La pioggia ora scendeva copiosa, mentre si apprestava a tendere una mano a Sofia. La mantella era impregnata di pioggia; le guance rosse per quella corsa in auto, dalla durata indefinita, da Milano. Avrebbe preso una cioccolata calda con l'amica, pensò Sofia, oltrepassando il portone d'ingresso mentre Giovanni entrava nelle cucine e portava notizie della città e trascorreva un po' di tempo, aspettando la signorina.

La cameriera l'accolse prendendo la mantella mentre Sofia si toglieva l'elegante cappellino, rivelando la raffinata chioma di un biondo luminoso, che la gente, guardava ammaliata. Il figlio del podestà Vittorio si dilettava a stuzzicarla per la sua bella chioma. Per Vittorio, Sofia era un'altra sorellina da proteggere. Era la migliore amica di Liliana e aveva gli stessi vizi e le stesse virtù. Entrambe lo ricoprivano di cure, lo viziavano e lo vezzeggiavano come il resto della famiglia. Gli intimi della famiglia, lo proteggevano oltremodo. Sofia chiese notizie della piccola cerchia familiare, con viva partecipazione. La cameriera scrollò le spalle. «Il podestà è rimasto a occuparsi delle sue carte per tutto il tempo. La signora era impegnata con le sue iniziative di beneficenza.» Amalia, Maria e Beatrice avevano nella madre un esempio di rara virtù. La posizione influente del podestà riservava loro un destino più alto. Questo era il motivo per il quale l'acida matrigna di Sofia non avrebbe acconsentito a una visita, non autorizzata! Liliana non aveva manifestato alcun impedimento e, nella sua lettera, a Sofia, l'aveva quasi supplicata ... "Vieni a trovarmi, mia cara Sofia, se mai te lo permetterà ..."

Gli occhi verde smeraldo di Sofia ebbero un lampo di gioia mentre, dopo essersi data una piccola aggiustatina alla folta chioma, si riaggiustava il leggero vestito di seta.

Dopo la lezione di canto si era cambiata togliendo l'uniforme della scuola, e al momento, si avviò verso la porta che l'avrebbe condotta, al giardino d'inverno, un ambiente sobrio ed elegante.

Passò in punta di piedi vicino alla stanza nella quale

Michele, il segretario del podestà, era solito lavorare, attraversò un piccolo corridoio e, in quel attimo, picchiò leggero alla porta e riconobbe la voce amica.

«Chi è?»

Sofia girò il pomello e una chioma ribelle sembrò annunciare il suo arrivo. I grandi occhi grigio azzurri di Liliana, seduta accanto alla porta finestra, brillarono all'istante; si precipitò tra le sue braccia.

«Sono la tua unica salvezza, Lily!»

«Dio ti benedica! Che monotonia. Qui sono tutti impegnati. L'altro giorno anche la dolce Mafalda si è lasciata coinvolgere dai preparativi per il ricevimento. Ora, lei è indaffarata tutto il tempo. Si occupa tutto il giorno dei preparativi.» Si diede una leggera scrollatina ai morbidi capelli castani mentre Sofia esplose in una risata fragorosa. Il piccolo padiglione da caccia, adiacente al Palazzo principale, era stato trasformato in un piccolo municipio e la moglie del podestà vi lavorava ininterrottamente. In quei giorni era in preparazione un ricevimento con un ospite illustre. Si sperava che le figlie la imitassero, ma, di tutte, Liliana era la più propensa in momenti migliori. «In fin dei conti, non resisto più! Avevo una tale nostalgia delle nostre chiacchierate. La mamma si infurierebbe se sapesse della mia lettera.» Le due amiche andarono, tenendosi per mano, verso la porta finestra per sedersi l'una accanto all'altra. Il giardino, dove normalmente Liliana si rifugiava con un buon libro, era sobrio ed elegante.

«Stai bene?» Sofia esaminò l'altra amorevolmente.

L'esile figura appariva al presente ancora più esile. Era alta quasi quanto Liliana e ancora più gracile, malgrado

Liliana fosse la più affascinante della famiglia. Aveva gli incredibili occhi grigio-azzurri del padre, e il suo charme. Amava le pietre preziose e i vestiti eleganti come e più delle sorelle. Un piacere, questo, che condivideva con Sofia. Trascorrevano ore e ore a indossare i vestiti e i gioielli della defunta madre di Sofia, quando Liliana veniva in visita in città.

«Sto bene! ... ma la mamma non dà il permesso di venire in città con la zia Amalia, la prossima settimana.» Era la loro tradizione, questa, che onoravano, sempre. Ogni sabato la signorina Amalia Visconti, loro zia, li accompagnava tutti in città a pranzo con la nonna materna, a Palazzo Visconti, e a far visita alle amiche di città. Ma, con la visita tanto attesa, doveva rinunciare. Sofia si mostrò delusa.

«Sospettavo che sarebbe successo. E pensare che avrei voluto mostrarti la mia nuova tavolozza . Me l'ha comprata la nonna a Parigi.» Matilde del Maino, nonna di Sofia, era una creatura di rara bellezza. Snella, raffinata, con occhi gioiosi. Tutti mettevano in risalto che Sofia la ricordava nella sua lontana giovinezza. La madre di Sofia era stata longilinea, fine e delicata: una rara meraviglia con capelli biondo cenere e occhi azzurri.

«La nonna mi ha portato una tavolozza. Avevo voglia di mostrartela!»

Liliana si mostrò deliziata!

«Non vedo l'ora! Verremo in città, quando tutto sarà concluso.»

«Promesso! Intanto, ti dipingerò uno scorcio del lago. Non dire parole sgradevoli, sai! Adoro questo luogo quasi quanto tua madre!»

Le due giovani donne scoppiarono a ridere e all'istante "Charlot", la meticcia, entrò saltando nella stanza e si mise a girare intorno a Sofia mentre lei rivelava i tanti segreti delle amiche di città.

A Liliana piaceva ascoltare le loro avventure, poiché frequentava poche persone, oltre la piccola cerchia familiare.

«Le lezioni sono sospese. Il nostro insegnante è troppo occupato. Come dice papà è emozionato dall'arrivo di un'ospite tanto illustre.» Tra le allegre risatine, Liliana iniziò, con grande premura, a sistemare la chioma ribelle di Sofia. Un passatempo, questo, al quale si erano assuefatte fin dalla tenera età - acconciarsi i capelli mentre si facevano confidenze sulla vita di città e le persone che conoscevano, anche se, da quando il padre ricopriva la carica di podestà, tutto era fin troppo cambiato.

Il padre e la matrigna di Sofia, con suo grande piacere, davano feste e balli. Questi momenti le offrivano l'occasione di raccogliere notizie, con fatti e pettegolezzi. Era un bel mondo. E Sofia era al centro - poiché era imparentata, da parte di padre, con le personalità più in vista. Proprio per questo godevano di privilegi e lussi. La sua casa era un piccolo palazzo al centro e le sue compagne erano figlie d'illustri cittadini.

Liliana la scrutò con fare misterioso. Lasciò Sofia e si diresse allo scrittoio che occupava un angolo tranquillo. Aveva un nuovo tesoro da condividere con lei, come succedeva ogni volta.

«Cosa nascondi?»

«Una meravigliosa sorpresa!» Sofia si chinò e si ritrovò a scrutare un ritratto.

«Oh, Lily! Non ci credo ... » Il ritratto di un uomo con dedica che Sofia aspettata ormai da settimane.

«Come ci sei riuscita?»

«Me l'ha portato il nostro Michele direttamente da Roma.» Sofia sospirò. Aveva un'aria gioiosa e ingenua! I loro piaceri erano innocenti e semplici. Una vita perfetta, non lambita nemmeno lontanamente dalle vicende di cronaca, anche se qualche volta si soffermavano a parlarne.

Liliana rimaneva sconvolta dalle vicende di cronaca. Spesso erano argomento dei loro discorsi segreti. Poi, tornarono alla loro piccola cerchia familiare.

«Da dove arrivi?» Sofia poggiò il ritratto e senza indugiare, riprendeva a parlare con Liliana. Questa la rassicurò all'istante.

«Vengo direttamente dalla lezione di canto.» Sofia sospirò mentre Liliana chiamava per farle servire la cioccolata calda.

«Vorrei poter cantare alla Scala, un giorno alla sua presenza.» Scrutò visibilmente emozionata il ritratto con dedica. Liliana sorrise. Sentiva parlare dei sogni a occhi aperti di Sofia, ormai da anni.

«Al Teatro alla Scala?»

Si era accesa una luce più intensa, tra loro, mentre Liliana sussurrava nelle orecchie di Sofia i loro segreti innocenti. Gli occhi, i capelli, le mani - ogni cosa in lei era piena di vita. Il suo nome significava «sapienza» ed era l'inclinazione nella bambina e nella donna che stava per diventare.

«Non mi credi ... la signorina De Martini dice che sono destinata a brillare.» Liliana sorrise di nuovo; poi le due ragazze si quietarono, mentre ritornavano a ripensare allo stesso vecchio pettegolezzo ... la cantante era stata l'amica speciale del podestà prima che lui sposasse Bianca Maria ... un pettegolezzo proibito, a cui accennare nelle buie notti in cui si scambiavano confidenze. Sofia aveva accennato qualcosa alla sua matrigna, una sera d'estate, e la nuova signora Pecci, aveva proibito alla sciocca figliastra di riprendere quella maldicenza. Non era un'inclinazione adatta!, per giovani signorine di buona famiglia.

«Sogni ancora di scappare di casa per diventare una cantante. allora?» Però Liliana percepiva, fin troppo bene quando si burlava di lei e quando confidava in lei, e come fantasticasse risolutamente nei suoi segreti desideri. Sapeva anche come, per Sofia, quello fosse un desiderio di vita impraticabile. In futuro si sarebbe sposata e avrebbe avuto dei figli, sarebbe diventata una perfetta gentildonna come sua madre e non avrebbe potuto diventare, condurre la vita di una famosa cantante. Però era piacevole parlare di simili piani, e fantasticare in quel pomeriggio di pioggia, mentre godevano della reciproca compagnia sorseggiando la solita cioccolata calda. A quell'epoca la vita era deliziosa a dispetto delle piccole ansie della famiglia del podestà. Con Sofia, Liliana poteva trascurare i suoi pensieri e i suoi sciocchi dubbi legati al futuro. Come avrebbe voluto essere spensierata come Sofia! Al contrario sapeva bene che suo padre e sua madre avrebbero definito ogni piccolo particolare, come l'uomo da sposare. Mentre osservava la leggera pioggerellina, si chiese se avrebbe mai amato, realmente qualcuno.

«Dove eri poco fa?» Il suono della voce di Sofia la riportò alla realtà. A questo punto era giunto il tramonto e l'obbligo di tornare a casa: «Lily ... Eri proprio lontana!»

Succedeva spesso, quando pensavano al domani.

«...Sciocchezze...» rise delicatamente con l'amica. Avevano quasi diciassette anni, tutte e due, e l'idea del matrimonio affiorava nelle loro chiacchiere spensierate ... dopo il diploma ... «Chissà chi sposeremo.» Era diretta con Sofia. «Ci penso anch'io. Batuffolo di filo spinato è convinta che Federico Borghese sarebbe l'uomo perfetto per me ... ma io ...» Poi, all'istante, scrollò la testa e i capelli si scompigliarono.

«Non hai mai pensato ... guardando qualcuno ... potrebbe essere lui?»

«Mai!» rispose risoluta.

«Mi piacerebbe avere delle piccole Lily, però.»

«Quante?» la punzecchiò.

«Tre, il numero perfetto.»

«Oh, ne voglio tre anch'io», affermò Sofia con convinzione.

«Tutti con la tua testolina!» Ridacchiò Liliana, burlandosi di lei; poi si avvicinò per accarezzarle la folta chioma bionda. «Ti adoro.» Si guardarono intensamente e Sofia si protese a scoccarle un bacio.

«Ti ho sempre considerato una vera sorella.»

Aveva un fratello maggiore, che la prendeva in giro, per i suoi capelli ribelli. I suoi erano castano chiari, come quelli dell'adorato padre, però aveva i suoi stessi occhi verde smeraldo.

E la vitalità, la fierezza dei Pecci. Aveva ventidue anni.

«Come sta Marzio?»

«È fastidioso. La nonna dice che torna spesso in città per non mancare alle prime al Teatro alla Scala.» Ridacchiarono di nuovo. In un attimo una signora era entrata silenziosa, indugiando a osservare il dolce quadro familiare. La signora era la moglie del podestà Bianca Maria, che giungeva direttamente dal padiglione da caccia.

«Buon pomeriggio, figliole.» Sorrise mentre Sofia scattò in piedi e si lanciò tra le sue braccia.

«Mia cara zia! Come state?»

Bianca Maria ricambiò il tenero abbracciò di Sofia e sospirò.

«Beh, si può dire che siamo indaffarate. Ma i preparativi sono a buon punto.» Stava parlando di quello che si sarebbe rivelato l'evento dell'anno. «E tu, stai bene, bambina mia?»

«Bene, grazie.» Si emozionò come le succedeva ogni volta che parlava con gli adulti.

«Mi stupisce la tua visita.» Conosceva le ansie della matrigna. Ma le bastò scrutare gli occhi della giovane che Sofia era diventata inquieta per capire che aveva fatto di testa propria, senza che le confessasse l'ennesima birichinata.

Con un sorriso bonario la minacciò. «Cosa dirai? Dove dirai di aver trascorso il pomeriggio?»

Sofia confessò all'istante la sua mezza verità. «Ho continuato la lezione di canto con la signorina De Martini.»

«È imbarazzante che giovani donne ricorrano a piccoli inganni, ma avrei dovuto saperlo.» Poi si girò verso la sua figliola.

«Hai già consegnato a Sofia il suo dono, mia dolce Lily?» La moglie del podestà sorrise ancora una volta.

In genere era affettuosa, il più delle volte vulnerabile.

«Sì!» Sofia esclamò con gioia, indicando il ritratto con dedica che c'era sul tavolo. «È proprio una bella sorpresa!» Intanto la signora aveva lanciato uno sguardo furtivo a Liliana, ridacchiando come una ragazzina, mentre Liliana uscì dalla stanza. E Sofia chiedeva: «Sta bene lo zio Arturo?»

«Sì, anche se non l'ho ancora incontrato. Povero tesoro era tornato da Roma per riposare; invece ha finito per essere travolto dalle carte e dai preparativi!»

Si misero a scrutare fuori dalla finestra mentre Liliana ritornava con qualcosa nascosto dietro la schiena. Sentì uno strano senso di eccitazione. Un attimo più tardi ammirò con evidente stupore una pergamena.

Sofia allungò le dita verso quel cartoncino, prezioso ai suoi occhi.

«Oh, quale onore!»

«Realizzerai il tuo sogno», le spiego Liliana tutta fiera, osservandola con occhi colmi di gioia.

«La mamma e io vogliamo che tu canti alla sua presenza.» Le donò la pergamena e Sofia rimase visibilmente emozionata.

«Oh mio ... cosa penserà ...» stava per esclamare: «Che cosa penserà la signora?» Non pronunciava mai il suo nome. Ma non voleva rinunciare a quell'onore, e, quindi, ammutolì. La moglie del podestà, però l'aveva compreso, e fin troppo bene.

«Oh, perdonami ... non darà il permesso, Sofia? Non ci avevo pensato. Si adirerà con me?»

«Ma ... niente affatto.»

E riprese le sue chiacchiere spensierate e felici.

«Oh, è un sogno!» Stringeva a sé la pergamena con il programma della serata.

«Mi faresti davvero felice, tesoro mio, se accettassi.» La moglie del podestà sorrise ancora una volta e si abbandonò in una delle poltrone con soddisfazione. Si presentava molto esausta. Sofia si chiese se, a fiaccare il suo spirito, fossero le cure dei poveri che accorrevano al loro cancello oppure se, anche quel giorno, avesse aiutato il podestà nei suoi doveri. La signora si sentiva molto partecipe nel compiere i doveri che derivavano dalla carica del marito e insisteva sempre perché le figlie la sostenessero.

«Beviamo un po' di cioccolata calda?»

«Sì, con piacere, cara, Lily.»

Liliana chiamò la cameriera, questa comparve all'istante. Arrivò un vassoio con cioccolata calda. Liliana servì con eleganza.

«Grazie, tesoro.»

Poi si girò verso Sofia.

«Come sta la nonna? Saranno mesi che non riesco a venire a Milano.»

«Bene, grazie, zia Bianca Maria.»

«E i tuoi genitori?»

«La signora è sempre eccessivamente scontrosa.» Qualsiasi cosa poteva rendere scontrosa Lucia Pecci. Era una donna tremendamente indelicata, tanto che il consorte e la famiglia erano ormai avvezzi a ogni sua stranezza.

La moglie del podestà aveva osservato di tanto in tanto parlando con la sua figliola, che, per lei, era un errore mostrarsi così tolleranti e che, per fortuna, Sofia aveva preso il carattere fiero dei Pecci. Era piena di vivacità. Bianca Maria aveva fisso nella memoria l'immagine della matrigna di Sofia, una donna acida, come se fosse incapace di apprezzare qualsiasi avvenimento della vita. Aveva cercato di coinvolgerla nelle opere di carità ma Lucia aveva declinato l'invito dicendo, candidamente, che non aveva lo spirito giusto. Non era mai stata particolarmente devota; la signora si era frenata dal criticare e limitata ad annuire.

«Quando ritorni a casa, porta i miei saluti.» Al sentir pronunciare queste parole Sofia guardò fuori e vide che era ormai notte.

Scattò in piedi, terrorizzata.

«Oh! Sarà infuriata!»

«Sicuro!» la punzecchiò Bianca Maria mentre si alzava per accompagnare la giovane donna. «Niente bugie! Rimarrà disorientata quando scoprirà che sei venuta a trovarci.» Sofia dissimulò. «E se dovesse succedere ...» scrollò le spalle tornando a sorridere mentre Liliana l'accompagnava. Questa era una delle cose, in lei, che Liliana adorava: audacia e leggerezza. Molte volte avevano fatto insieme delle marachelle!

«Vai a casa.» Bianca Maria salutò affettuosamente, prima la nipotina, la considerava tale, poi la figlioletta, e si allontanò. Intanto Liliana aveva sistemato il ritratto con dedica per affidarlo a Sofia.

Si lanciarono uno sguardo complice. Quello di Sofia era colmo di premure per lei.

«È proprio vero?»

«Certo. Volevo farti una sorpresa.» Sofia si era commossa, quando aveva scoperto i doni.

«Avrai problemi a casa, vero?» Liliana sorrise - e Sofia ricambiò.

«Certo, ma dirò che offenderebbe la zia Bianca Maria. E l'avrò vinta.»

«Prenditi cura di te.»

«Perché dovrei?» ridacchiò.

Liliana consegnò a Sofia i suoi doni e Sofia li afferrò mentre una cameriera veniva a riferirle che Giovanni era pronto.

«Tornerò fra qualche giorno ... e ancora grazie!» Sofia l'abbracciò e uscì veloce raggiungendo l'auto presso la quale Giovanni la stava aspettando. Giovanni l'aiutò a sistemarsi e lei era piacevolmente sorpresa che avesse smesso di piovere.

«Giovanni ... saranno tutti infuriati.» Al solo pensiero scoppiò a ridere, mentre l'auto varcò rapidamente il cancello e gli arcigni poliziotti erano una visione confusa mentre l'auto procedeva ora spedita verso casa.

2

Mentre Giovanni lanciava l'auto sulla strada di casa, Sofia, stringendo forte i preziosi doni, cercò di ristabilire la sua solita calma, usando disperatamente l'immaginazione in cerca di un modo per rabbonire la sua acida matrigna. Era consapevole che, lei, la matrigna si sarebbe sentita contrariata a causa del suo ritardo...e ancor più irritata per i doni della zia Bianca Maria. Per questo la pergamena le sarebbe stata mostrata in seguito.

Alle porte della città svoltarono bruscamente a destra e l'auto viaggiava a gran velocità, come se sapesse di essere quasi a casa e voler tornare. E Giovanni, che percorreva molto spesse quelle vie, schiacciò ancora più a fondo sull'acceleratore. Qualche minuto dopo, era pronto ad aiutarla a discendere dall'auto. In un'improvvisa ispirazione, Sofia prese i doni e li gettò tra le goffe dita dell'autista con uno sguardo di supplica.

«Giovanni, per favore ... sono i doni della zia Bianca Maria...Nascondili in qualche modo. Verrò a prenderli più tardi. »

Sofia assomigliava a una bambina impaurita e Giovanni scosse la testa e rise.

«La signora vorrà le nostre teste, signorina!»

«Capisco...ma papà mi aiuterà...»

Papà è sempre incline ad aiutarla, è sempre così amorevole con lei. Era una brava persona.

«Sbrigati, Giovanni, sbrigati... »

Era già l'ora di cena e doveva ricomporsi dopo la lunga assenza. Giovanni afferrò i doni e Sofia attraversò veloce l'ingresso in marmo bianco. Era singolarmente elegante nel suo stile. Ora, la nonna viveva con loro, circondata dalla sua piccola cerchia familiare, ma all'epoca Sofia non credeva che potesse essere contrariata dalla sua scelta. Era senza fiato. Si dileguò terribilmente agitata, lasciò cadere la mantella su una panca e si diresse verso il salotto buono, quando una voce familiare risuonò alle sue spalle.

«Bentornata! » Sofia trasalì nell'udire la voce canzonatoria del fratello, ora fermo davanti a lei e sussurrò debolmente: « Taci! Come mai da queste parti? » Era affascinante, e Sofia sapeva che era il sogno proibito di molte delle sue amiche, che, lo scrutavano con occhi sognanti quando incrociavano il suo cammino. Con la sua uniforme, indugiavano ad ammirare il suo fascino particolare.

«Dove sono? » Sapeva dove erano i loro genitori senza formulare bene la domanda, come la sua attenta educazione richiedeva.

«Nel salotto, dove se no? Ma tu, birichina, dove sei stata tutto il pomeriggio? »

«Non impicciarti ... » Doveva ancora trattenerla il suo interrogatorio da fratello maggiore.

Marzio rise e il suo sguardo che tanto ricordava quello di Sofia fu attraversato da un guizzo divertito.

«La mamma sarà contrariata. »

Sofia indugiò ancora indecisa mentre lo scrutava.

« L'hai già incontrata, batuffolo di filo spinato? »

Apostrofava così la sua acida matrigna.

«No, non ancora, mia adorata sciocchina. Sono appena arrivato. Ci penserò io a coprirti come al solito. »

Lo adorava più di quanto Sofia fosse disposta ad ammettere.

Lei era sempre la sua sorellina. Ormai, una giovane donna affascinante. Un giorno, non troppo lontano, avrebbe sposato un gentiluomo, una persona importante, un giovane uomo che suscitava stima e benevolenza in tutti quelli che lo conoscevano.

«Muoviti, signorinetta! » mormorò. « Muoviti, o ti darò io una strigliata! » Lei, trotterellando letteralmente, raggiunse il salotto e vi trovò il padre e la nonna in ansia per la loro amata figliola. E la matrigna accigliata. Indossava ancora il vestito di seta leggera del pomeriggio. Era un vestito che adorava, semplice ed elegante, in ogni caso il preferito della nonna e Sofia voleva compiacerla. Entrò con aria spensierata, canticchiando, il padre, dalla sua poltrona tra la moglie e la madre, scoppiò a ridere. La signora Pecci si presentava come al solito corrucciata, quando posò gli occhi sulla sua figliastra ribelle.

«Sofia! » Con la sua voce malcelatamente pacata, ma si percepiva quanto fosse contrariata. Sofia scrutò il suo sguardo; salutò con slancio tutti i presenti.

«Sono desolata, ... la lezione di canto è durata più del solito ... sapete quanto è severa la signorina De Martini. »

Con voce altera riuscì a scandire poche parole:« Dove sei andata, dopo la lezione? »

«Sono ... sono andata ... »

Lucia la scrutò intensamente mentre Sofia cercava di riaggiustarsi il vestito. Ma il suo atteggiamento la tradiva: « Niente bugie. Sei andata da Liliana. »

«Liliana ... » A cosa serviva negare. Era troppo intimidita di fronte al freddo comportamento della matrigna.

«Mi ... dispiace» , riuscì a pronunciare le due sole parole con voce turbata.

«Sei un'ingenua. » Era spaventosamente fredda e controllata. Lo sguardo di Lucia manifestò tutto il suo sdegno e il suo malcontento.

«È stata la solita incosciente. »

Sofia lanciò uno sguardo pieno di irritazione in direzione prima del padre, poi della nonna, ma nonostante l'espressione severa, Costanzo, dapprima trasalì, poi si mise a ridere e diventò rosso. Gli occhi di Sofia si illuminarono all'istante. Per quanto amasse compiacere la nuova signora Pecci, adorava la figlia. Per di più, indispettito, Marzio intervenne a favore della sorellina e, intercedette per lei.

«Forse ha ricevuto un invito, sapete, Sofia non avrebbe potuto rifiutare. »

Fra i tanti pregi di Sofia, a ogni buon conto, c'era altresì la sincerità e, di fatto, sfidò la matrigna mentre con noncuranza prendeva posto in una comoda poltrona.

«Oh, Liliana si sentiva così sola! E poi, volevo andare. »

«Sciocchezze, Sofia. Non finisce qui. »

«Si, signora. » Sospirò e abbassò lo sguardo mentre gli altri ripresero le loro chiacchiere spensierate.

Un istante dopo, alzando la testa in segno di sfida, Sofia riprese a parlare con la nonna.

Un sorrisetto birichino le comparve sul volto mentre diceva: «Cara nonnina! La zia Bianca Maria ha detto che ti ricorda con affetto. »

«Stanno tutti bene? » Era il vano tentativo di Costanzo Pecci di stemperare gli animi.

L'acida matrigna sorrideva e continuava a tacere, perfidamente bella ma sempre risentita con la figliastra ribelle.

«Saranno tutti eccitati! » , la nonna intervenne in suo soccorso.

«È nel suo elemento, Bianca Maria. Sembra sempre che disdegni ogni manifestazione pubblica fino a quando occorre la sua presenza in società e, in questi casi, è incredibilmente all'altezza della sua posizione. » L'anziana signora Pecci, con quelle parole, sfidò la nuora e poi sorrise con fierezza a Sofia. « La dolce Liliana deve essere splendida come sempre, Sofia. »

Sofia si rallegrò di cuore per le parole della nonna. « Proprio così, dolce come te, nonnina mia!. » Poi, per sfidare la sua matrigna, aggiunse: « Non sono riuscita a incontrare le altre. Erano tutte prese dai preparativi per il ricevimento, chissà dove. Perfino la signorina Mafalda adesso è coinvolta nei preparativi » , aggiunse e poi si pentì immediatamente perché la matrigna alzò gli occhi al cielo, visibilmente indignata.

«Sei più sciocca di quanto io non abbia mai creduto ... non riesco a capire per quale motivo tu sia andata. E senza invito ufficiale, poi. »

«No, signora. Mi dispiace, la lettera di Liliana mi autorizzava. » Continuò con la sua espressione di sfida.

Le sue parole manifestavano l'indifferenza che non si

addiceva ad una signorina di buona famiglia.

« Non era mia intenzione arrivare tardi. Stavo per venir via quando la zia Bianca Maria è arrivata a prendere la cioccolata calda con noi e non ho potuto mostrarmi scortese con lei ... »

«In fondo è la moglie del podestà » , rimarcò la nonna con un tono sbrigativo. Era lo spirito fiero dei Pecci, a parlare. Mentre Lucia era gelida senza speranza.

La vita si era rivelata faticosa per lei, avrebbe voluto altri figli, ma due erano figli di primo letto e i rapporti con Sofia e Marzio erano stati particolarmente difficili.

Costanzo era premuroso con i suoi affetti e gradiva circondarsi degli amici più cari mentre Lucia trovava tutto questo incredibilmente irritante e si serviva della sua posizione sociale come di un alibi per la sua soffocante arroganza. Tutto ciò contribuiva a darle quell'aria di arcigna indifferenza con la quale svelava la sua vera natura. Si mostrava con aria serena e appagata solo vicino all'adorato marito. La sua figliastra, invece, era adorata da Costanzo e questi, per la sua posizione in società, era sempre persuaso e lieto di accontentarla in tutto. Da tempo si parlava se fosse o no il momento di organizzare un ballo per il debutto in società della giovane Sofia ma Lucia aveva cercato di ostacolarlo con eccessivo sdegno. Per lei, non era il caso.

«Che notizie ci sono di Arturo? » domandò Costanzo.

«Non ha detto niente, Liliana? » la incalzò la nonna.

«La zia Bianca Maria dice che è tornato da Roma ma credo che ripartirà di nuovo. »

«Non lo vedo da settimane. Spero stia bene.» Costanzo pareva partecipe e di questo fatto si compiacque il suo bellissimo figliolo che lo stava guardando con occhi pieni di ammirazione. Il giovane uomo si era reso conto che il padre conosceva le notizie che erano girati nei circoli che contavano.

Era profondamente rispettato negli ambienti giusti, in modo particolare, dal padre di Sofia. Il loro affetto era profondo; c'era sempre stata una grande intimità fra loro ed entrambi avevano sposato due amabili donne o così credevano. Bianca Maria, però, era molto più premurosa di Lucia. Lei, era capace di far fronte alle circostanze e di esserne degna nei momenti essenziali, come aveva fatto affiancando il marito con il suo lavoro di podestà, Lucia invece, anche solo per il suo carattere scostante, sarebbe stata assolutamente incapace di qualcosa di lontanamente comparabile. L'anziana signora Pecci era rimasta amaramente delusa quando suo figlio si era risposato con una donna così irritante.

«A cosa si deve il tuo rientro a Milano, in questi giorni? » Costanzo si rivolse a Marzio con un sorriso complice. Era orgoglioso di lui, e soddisfatto che fosse entrato nell'Accademia Navale, e non ne faceva mistero. Però, non voleva privarsi del figlio maschio.

«Volevo scambiare due chiacchiere con te, papà. » La sua voce si levò lenta ed enfatica, ma Lucia gli volse una sbirciata colma di fastidio. Si augurava che non avesse niente di deplorevole da confessare al padre. Circolavano voci insistenti su una cantante d'opera.

«Una serata, al Teatro alla Scala. » Tutti lo scrutarono con occhi colmi di interrogativi consci che, qualsiasi fosse la ragione per cui Marzio voleva parlare con Costanzo, il giovane era ansioso.

«A onor del vero », Marzio aggiunse, con aria canzonatoria, « sono venuto a vedere se questo scricciolo ribelle si comporta a modo! » Guardò Sofia divertito e lei contraccambiò con sguardo complice.

«Sono diventata una signorina adesso, Marzio. E non faccio più le marachelle di una volta. » Replicò con altezzosità mentre girava lo sguardo altrove - ma Marzio le ridacchiò in faccia, senza ritegno.

«Ma davvero? ... mi pareva che solo qualche momento fa, con la mantella impregnata di pioggia, i capelli ribelli, tu fossi in ritardo come al solito ... » Era deciso a punzecchiarla con tono sempre canzonatorio ma lei gli lanciò uno sguardo di sfida mentre la matrigna sembrava sul punto di protestare e chiedere l'intervento del marito.

«Costanzo, ti supplico. Sono irritanti! »

«È il loro modo di dirsi quanto si vogliono bene, mia cara » , ribatté con molta prudenza l'anziana signora Pecci. « Non è cosi, Costanzo? » Lui scoppiò in una risata piena di imbarazzo.

«Sì, confesso di essermi comportato allo stesso modo, mia cara. » Guardò la moglie e poi con sguardo pieno d'amore, tutti gli altri seduti intorno a lui. Dopo aver accennato una deferenza alle signore presenti, accompagnò il figlio in un piccolo studiolo dove avrebbero potuto conversare in privato. Come sua moglie, anche lui sperava che Marzio non si fosse presentato in famiglia per manifestare le sue intenzioni, ovvero sposare la sua cantante d'opera. Quando si furono seduti accanto al camino, a Costanzo non sfuggì l'elegante portamento che Marzio aveva con l'uniforme.

«Un segreto da confidare, Marzio?»

Costanzo sorrise con benevolenza.

«Più o meno. » Scoppiarono a ridere insieme. Poi, Marzio si rilassò. Era giudizioso per la sua età e, in aggiunta alla bellezza, aveva anche un'acuta intelligenza. In fin dei conti, era un figlio di cui essere orgogliosi.

«Ma non hai di che preoccuparti, papà. Mi sto semplicemente divertendo. Non è niente di serio, te lo assicuro. »

«Bene. In tal caso, quale motivo ti porta a trascorrere la serata qui, con noi? »

Marzio prese un'aria saggia. Poi guardò fisso suo padre. « Si tratta di qualcosa di ben più importante. Ho sentito raccontare di alcune proteste. Papà, devi averlo sentito dire anche tu. »

Costanzo assentì con calma e scrutò con premura il figlio.

«Ieri sera sono stato a un ricevimento in casa di un'amico. Lo scenario, che lui ci ha fatto della situazione, è molto preoccupante. »

«Non succederà niente, figliolo. » Rivolse al figlio uno sguardo pieno di tenerezza e il giovane si sentì orgoglioso.

«Forse, avevo bisogno di sentirmelo dire. »

«Vivremo tempi grandiosi. »

Sia l'uno che l'altro sapevano fin troppo bene ciò che potesse significare l'inizio di qualcosa di più grande.

Era davvero compiaciuto.

« Sta bene la mamma? »

Marzio l'aveva trovata più scontrosa del solito.

O forse ne era rimasto colpito in modo particolare

perché adesso la vedeva meno di prima.

Ma Costanzo si limitò nuovamente a sorridere.

«Anche lei è impegnata... e per te ... e per me ... e per Sofia ... è una giovane donna molto impegnativa, la nostra piccola ribelle! »

«Incantevole, però, non trovi? » Si riferiva a Sofia con un entusiasmo, con un incanto e un'adorazione che avrebbe smentito se lo avessero riferito a sua sorella.» « Sembra che tutti i miei amici siano innamorati di lei. Io passo gran parte del mio tempo a scoraggiarli, tutti! »

Suo padre rise poi scrollò la testa. Sospettava che sarebbe andata via troppo presto dalla casa paterna.

«Hai già qualcuno in mente per lei?» Marzio era solitamente discreto. Aveva parecchi amici che, a suo giudizio, sarebbero potuti essere ottimi corteggiatori per Sofia.

«Non sopporto l'idea di perderla. È sciocco da parte mia, suppongo. Tua madre ha un'altissima opinione del giovane Federico Borghese. »

«È troppo ingenuo per lei. » , si oppose Marzio. Sentì sorgere in lui una sensazione di eccessiva protezione per la sorella; a ben pensarci, si stava convincendo che non ci fosse nessuno all'altezza per la piccola Sofia, così bella e ribelle.

Costanzo si alzò in piedi e sorrise al figlio, allungandogli un buffetto dolce sul viso. « Sarà meglio tornare in salotto. » Uscirono dalla stanza e quando raggiunsero le signore, Sofia stava discutendo in tono goffo con la matrigna, cercando di dissuaderla di qualche cosa.

«Cos'hai combinato, scricciolo ribelle? » Marzio rise nel vedere lo sguardo corrucciato e si percepì che anche la nonna le sorrideva. La faccia di Lucia era rabbiosa da far paura e quella di Sofia, a sua volta, furente, mentre lanciava un'occhiataccia carica di significato al fratello.

«Guai a te se ti impicci! »

«Cos'è successo, ancora, mia piccola ribelle? » Costanzo pareva incuriosito ma non appena percepì lo sguardo di rimprovero della moglie, che reputava lui fosse eccessivamente conciliante e premuroso con la figlia, assunse un'aria indifferente.

«Non puoi immaginare, » rispose Lucia, in tono oltraggiato, « Bianca Maria, quest'oggi le ha fatto una proposta inammissibile e io non ho la minima intenzione di lasciarglielo fare. »

«Di cosa si tratta? » Con il suo tono leggero Costanzo era di ottimo umore dopo il colloquio con Marzio e scambiò uno sguardo divertito e affettuoso col figlio.

«Non è divertente, Costanzo, e mi aspetto che tu le dica né più e né meno quello che le ho già detto io. Non può accettare. »

«Non accettare cosa? »

«Cantare al ricevimento. » All'istante, gli occhi di Sofia erano lucidi di lacrime. Guardò suo padre con aria implorante. « Papà, ti prego ... » Aveva le lacrime e suo padre si sentì commuovere mentre Lucia attraversava, ancora più rabbiosa, la stanza, lo sguardo infuocato.

«Cantare! E tu sai benissimo quanto sia indelicato cantare in pubblico per una giovane donna di buona famiglia. » In realtà, in quel momento, eretta al centro del salotto, a Costanzo non sembrava affatto una creatura delicata ma, piuttosto, una visione di rabbia.

All'istante, si ricordò come fosse stato colpito da lei la

prima volta che l'aveva vista ma, ora, sapeva anche quanto fosse difficile convivere con il suo carattere.

«... In tal caso, magari ...», scrutò la moglie con un'espressione di supplica mentre lei si allontanava, lasciando tutti a bocca aperta.

«Ti sottometti sempre, al volere di tua figlia, vero Costanzo? »

«Tesoro ... non possiamo respingere un tale onore di Bianca Maria. »

«Questo non ha niente a che vedere con Bianca Maria. »

Costanzo guardò con aria speranzosa sua madre e lei gli sorrise perché in cuor suo, quello scontro la divertiva. Era proprio tipico di Bianca Maria, ben sapendo quanto si sarebbe adirata Lucia. C'era sempre stata una mal celata competizione fra le due donne; ma, dopo tutto Bianca Maria era la moglie del podestà.

La porta si richiuse con un tonfo risoluto e lui capì che non l'avrebbe più rivista per quella sera.

«E con questa uscita a effetto», disse Marzio ironizzando e baciando affettuosamente la nonna, « mi riterò. »

«Stai bene, » lo scrutò la nonna, senza celare un sorriso; poi, mentre lui scoppiò in una risatina. « Ho sentito dire che stai diventando un vero e proprio casanova, mio caro. »

«Non credere a tutto quello che senti raccontare. Buonanotte, nonna. » Le scoccò un baciò pieno di affetto, poi riservò lo stesso gesto per il padre come per augurare la buonanotte anche a lui. « E quanto a te, scricciolo ribelle », diede una tiratina gentile a quella folta chioma di capelli biondi mentre la baciava e Sofia lo guardò senza nascondere l'affetto che sentiva per lui, «comportati bene! E non tentare di ricomparire qui con un invito a cantare al Teatro alla Scala. Altrimenti tua madre perderà la ragione! »

«Nessuno ha chiesto il tuo parere! » lei ribatté petulante ricambiando il suo bacio. « Sparisci, ragazzaccio fastidioso. »

«Sono un uomo, anche se tu non capiresti la differenza! »

« A vederne uno! »

Marzio si voltò a salutare, tutti, con aria divertita, e poi scappò via - per andare a far visita alla sua cantante d'opera.

«È fastidioso. »

«Marzio è molto più amabile quando parla di te, Sofia Pecci » , osservò suo padre con mitezza. Si chinò a baciarla su una guancia e poi rivolse un pacato sorriso a sua madre. « Hai proprio intenzione di accettare? » domandò. « Ho paura che Lucia ci butterà fuori di casa se insisto ancora un po'. » Sospirò. A volte avrebbe preferito che la moglie fosse un poco più mite, soprattutto quando la madre lo scrutava come adesso, in silenzio, ma lasciandogli chiaramente capire quale fosse la sua opinione. D'altra parte, Matilde Del Maino aveva un'opinione ben definita della nuora da molto tempo e niente di ciò che Lucia potesse fare o dire, adesso, avrebbe contribuito a cambiarla.

Si risolve a Sofia in tono divertito: « Ti senti pronta a cantare? »

«Certo, nonnina cara. È cosi emozionante. » Sofia, che

sembrava una bambina, andò a sedersi sulle ginocchia della nonna e l'anziana signora Pecci la cinse in un abbraccio.

Accarezzò la folta capigliatura bionda che scendeva sulle spalle di Sofia e la giovanetta si protese a darle teneramente un bacio.

«Grazie, nonnina cara. Se tu sapessi, è un sogno che diventa realtà! »

«E così sarà, bambina ... così sarà ... » Si alzò e si avvicinò lentamente al camino, stanca ma serena, mentre Sofia scappava per andare a prendere i doni affidati all'autista. L'anziana signora Pecci si voltò verso Costanzo. Le sembrava che fossero passati soltanto pochi istanti da quando il figlio aveva l'età di Marzio, e perfino, quando era ancora molto, molto più giovane di lui.

«È una bambina adorabile, Costanzo Pecci ... una giovane donna davvero affascinante. »

Matilde scrollò il capo ma lui capì, guardandola, che era d'accordo. C'erano volte in cui la donna si ritrovava, e in modo straordinario, in quella figliola; e si era sempre compiaciuta che ricordasse molto poco nei modi la sua matrigna. Ci si aspettava che le somigliasse. Dopotutto l'aveva cresciuta lei. Anche quando le disubbidiva, l'anziana signora Pecci, chissà perché, lo trovava mirabile e ormai da molto tempo si era convinta che quello fosse un segno che, nelle vene di Sofia, scorresse il suo stesso sangue (cosa che esasperava Lucia, che aveva sempre desiderato forgiare la figliastra ribelle a sua immagine).

«È una creatura fresca, nuova ... senza capricci o manchevolezze. »

«E quando mai tu hai mancato in qualche cosa? Sei sempre stata buona mamma con me, con tutti... » Era una donna rispettosa e molto cara. Una donna che sapeva ottenere ciò che voleva, e possedeva solidi valori. Costanzo apprezzava il suo buonsenso e si fidava molto delle sue opinioni.

«Eccola! » Sofia era ricompensa con la pergamena.

«Quale onore! »

«È meravigliosa. Ricordatelo! »

«È stato molto gentile da parte di Bianca Maria offrirti questo onore, bambina. Spero che l'avrai ringraziata come si deve. »

Sofia scoppiò in una risatina irrefrenabile e si coprì la bocca con la mano sottile ed elegante. « Aveva paura che la signora si irritasse. »

La nonna scoppiò a ridere, mentre Costanzo si sforzava di non sorridere in segno di rispetto verso la moglie. « Conosce la tua mamma molto bene, vero, Costanzo? » Intanto lo guardava dritto negli occhi e lui capì perfettamente ciò che intendeva dire.

«La nostra piccola ribelle non le ha certo facilitato le cose ... » , tentò di giustificarla.

«Non importa, Costanzo. » L'anziana signora Pecci madre agitò una mano in un gesto inquieto e diede alla nipote il bacio della buona notte. « A domani, Sofia. Hai intenzione di tornare da Liliana? Mi piacerebbe venire con te, uno di questi giorni, a far visita a Bianca Maria. »

«Non senza un invito ufficiale, insomma, mamma, per favore ... e poi sarebbe un viaggio troppo faticoso per te. »

Sua madre scoppiò di nuovo a ridere.

« Non essere sciocco Costanzo. La fatica non è mai stata una delle mie preoccupazioni. »

« Ti accompagno a riposare. »

«Che sciocchezze! » Lo respinse con un gesto della mano mentre Sofia andava a cercare il suo scialle e tornava per posarglielo sulle spalle. « Sono perfettamente in grado di salire le scale da sola, sai? Lo faccio parecchie volte al giorno. »

«In tal caso non vedo perché dovresti negarmi il piacere di farlo una volta anch'io, mia cara mamma! »

Lei alzò lo sguardo per sorridergli perché lo rivedeva bambino.

«Andiamo, Costanzo Pecci. Buona notte, Sofia. »

«Buona notte, nonnina cara. »

L'anziana signora Pecci la baciò teneramente e Sofia sbadigliò e poi sorrise pensando ai doni preziosi ricevuti quel giorno. Richiuse senza rumore la porta della camera e si ripromise di tornare da Liliana. Ma, nel frattempo, avrebbe anche pensato a qualcosa di meraviglioso da portare a Lily.

3

Una settimana dopo Sofia stava tramando di tornare a far visita a Liliana quando, a metà mattina, le venne consegnata una lettera. Gliela portò Amalia, la sorella minore di Bianca Maria, era venuta in città a far visita agli anziani genitori e diede il gradito invito per il ricevimento. Sofia dischiuse l'invito con eccitazione. Non solo quel giorno ma, nei giorni avvenire, c'era il rischio di parlare del ricevimento almeno per l'intera settimana, infatti la zia Amalia la informò che, per ora, Liliana non era in grado di ricevere visite fino al giorno del ricevimento.

«Oh, mio Dio », borbottò Lucia. « Sofia, ti avevo vietato di andarci e adesso non potremo certamente rifiutare l'onore a te riservato ... Come hai osato farmi un tale affronto? » Sembrava quasi in preda a una crisi isterica, al solo pensiero che Sofia, tanto imprudentemente, poteva aver ricevuto un tale onore. Eppure la pergamena doveva essere un segnale. Costanzo arrivò nel preciso momento in cui lei si lasciava prendere da una crisi isterica.

La signorina Amalia fu tanto gentile da fermarsi mentre Sofia si dileguava a scrivere prontamente una lettera di ringraziamento all'amica.

«... Ti voglio tanto bene. Aspetto con ansia il momento

che io possa venire da te. » Le mandò il dipinto, con lo scorscio del lago, che lei aveva trovato sempre meraviglioso e che aveva già in mente di mandargli in dono. Aggiunse in fretta e furia un poscritto avvertendo Lily di non sfruttare i giorni avvenire come scusa per imbrogliarla e così aggiornarsi sulla moda del momento, come era accaduto durante i lunghi pomeriggi invernali. Era il loro unico piacere e Liliana era la più alla moda anche se Sofia minacciava sempre di sconfiggerla, nella loro segreta gara di bellezza. « ...Verrò a trovarti non appena la zia Bianca Maria lo consentirà. Con sincero affetto, la tua affezionata Sofia ... »

Nel pomeriggio, per fortuna di Sofia, suo fratello Marzio in attesa che il padre tornasse a casa, la condusse a fare una passeggiata. Lucia, disorientata dalla notizia, non era uscita dalla sua camera per tutto il giorno.

«Per quale motivo sei ritornato in città, Marzio? »

«Sei la solita curiosa.» Il giorno precedente, durante una serata, un conoscente ben informato aveva pronunciato un discorso agghiacciante nel quale consigliava una rivolta - e Marzio stava cominciando a temere che ci fosse del vero in ciò che veniva detto. Forse le cose andavano ancora peggio di quanto sospettassero; forse erano tutti più smarriti e sgomenti. Un giovane parlamentare aveva già fatto gli stessi commenti. Marzio era tormentato da tutte queste notizie ed era desideroso di conoscere il giudizio paterno.

«Vieni a farci visita quando qualcosa non va, Marzio» , ripeté Sofia mentre percorrevano a passo lento lo stupendo Parco Sempione, ma Marzio cercò di lasciar cadere il discorso perché tutto andava bene e, per quanto stentasse a credere, lei decise di aver fiducia in lui.

Marzio non era avvezzo a raccontare cose non vere.

« Comunque non sei così amabile, Sofia. Piuttosto, raccontami un po': sbaglio o sembra che tu abbia irritato ancora una volta la mamma? »

Sofia scrollò le spalle con un sorriso sbarazzino. « È solo perché la zia Amalia ha consegnato l'invito per il ricevimento. »

«E canterai? » chiese Marzio sorridendo compiaciuto.

Lei scoppiò a ridere.

«È un tale onore, mio caro sciocchino.»

«Sei proprio sicura di te. A ogni modo non tornerai laggiù, vero? » Per un attimo sembrò preoccupato ma lei scrollò la testa, con l'aria di una bambina delusa.

«Non mi lasceranno andare, prima del ricevimento.»

«Presto arriverà e potrai realizzare il tuo sogno. »

Sofia annuì sorridendo. « Mi dici, Marzio, com'è la tua cantante d'opera, poi? »

Lui si irrigidì e le tirò un piccolo buffetto sul viso.

«Cosa ti fa pensare che io abbia una cantante?»

«Sciocco, lo sanno tutti ... esattamente come lo sapevano dello zio Arturo prima che sposasse la zia Bianca Maria. » Poteva parlare schiettamente con Marzio ... dopo tutto era soltanto suo fratello! Ma lui sembrò sconcertato. Per quanto Sofia fosse sempre molto schietta, si aspettava, come minimo, un po' di contegno!

«Sofia! Come osi parlare di simili argomenti! »

«Io posso parlare di quello che voglio. Perciò, com'è la tua cantante d'opera? Affascinante? »

«Ma! Non esiste. Sofia Pecci non dimenticare le buone maniere. È questo che ti insegnano a scuola? »

«Cosa vuoi che insegnino» , rispose Sofia spensierata-
mente, smentendo la buona educazione, che a dispetto
di lei stessa, le era stata data in quell'istituto, un'educazione degna come quella avuta da Marzio, anni prima,
quando era entrato a far parte dell'Accademia Navale.

«Saranno felici di vederti ancora per poco, mia cara,
almeno per quest'altro anno. » Lei scrollò le spalle e ri-
sero, questa volta, insieme. Per un attimo lui si illuse di
averla distratta dall'argomento scabroso ma Sofia era
più insistente di quanto non immaginasse e, infatti, si
voltò a guardarlo con un sorriso carico di curiosità.

«Allora, cosa mi dici della tua amica, Marzio? »

«Sei una ragazza impertinente, Sofia Pecci. » Lei scoppiò in una risatina irrefrenabile mentre Marzio la ricon-
duceva lentamente verso casa.

Il padre era rientrato e i due, padre e figlio, si ritiraro-
no nello studiolo le cui finestre davano sul corso principale. Era una stanza piena di oggetti che il padre di Sofia collezionava ormai da anni. I pezzi più importanti
erano alcuni libri rari che la defunta moglie gli aveva re-
galato un'anno dopo l'altro, nelle ricorrenze speciali.
Ritto vicino alla finestra, mentre ascoltava ciò che il figlio gli stava dicendo, Costanzo vide Sofia che rientrava
allegramente, dopo aver atteso l'arrivo della nonna.

«Bene, papà, cosa ne pensi? »

Quando Costanzo tornò a voltarsi verso di lui, si accorse che Marzio era sinceramente preoccupato.

«È prematuro preoccuparsi. »

Sorrise compiaciuto.

« Stare all'erta, non guasta. È il marchio del buon ufficiale. » E Marzio lo era un buon ufficiale, come lo erano

da generazioni i maschi della famiglia Pecci.

«Papà, non ti ha spaventato che continuino a tirar fuori la vecchia storia dei brogli elettorali? Mio Dio, quello era tradimento! »

«Precisamente, Marzio. Ma nessuno può prendere sul serio tutto ciò. Non ne avrebbero il coraggio.»

Sorrise al figlio. « Mi interessa sentire l'opinione di Arturo. Tu sarai il benvenuto se vorrai unirti a noi. »

Costanzo aspirava prima di tutto ad agevolare la carriera del figlio. Marzio aveva davanti a sé un futuro proiettato verso la gloria. Così pensava suo padre.

«Le tue parole, papà, sono un toccasana per il mio animo. » L'apprensione però non si era quietata, e Costanzo continuò a preoccuparsi. Fu tentato di recarsi da Arturo. Il podestà, da quanto aveva sentito raccontare, doveva essere informato e, per di più, preoccupato. Non era il caso di irritarlo, e rinunciò. Proprio in quei giorni, Arturo lasciò Milano per tornare a Roma, seicento chilometri di distanza, dove l'intera delegazione romana, sembrava del tutto indifferente alle voci insistenti, nel presente come nel passato. Il giorno seguente sorse luminoso, bello, pieno di sole. Le vie romane erano affollate di gente e tutti sembravano sereni e contenti. Era lunedì, 10 giugno 1929. Una strana ricorrenza. Arturo si apprestava a tornare a casa. Michele, il segretario, in attesa del podestà, portò a Sofia una lettera da parte della dolce Lily.

Sofia fu felice quando lesse che Liliana si sentiva « eccitata » per l'arrivo dell'illustre ospite, insieme al podestà, di rientro dalla capitale. Per fortuna, il podestà tornava a casa, quella sera stessa, sano e salvo.

«Chissà, quale terrore per la zia Bianca Maria.» Sofia si mostrò oltremodo preoccupata.

«Se tu sapessi, nonnina cara, come sono impaziente di trovarmi alla sua presenza. » Da giorni e giorni non aveva niente da fare perché la signora le aveva impedito risolutamente di andare alle lezioni di canto, nel vano tentativo di boicottare la sua esibizione.

«Ci vuole calma, mia cara bambina. »

Era difficile.

«Vorrei donare agli altri un po' di buon senso. »

La loro vita era così sobria, agiata, però, sembrava che, intorno a loro, ci fossero persone malvage.

«Mia cara bambina, è quello che vogliamo tutti. » Lo sguardo saggio e colmo di vitalità della nonna si fissò in quello di Sofia, scrutando l'adorata nipote. « La vita non è sempre perfetta. Ci sono molte persone che non parlano con avvedutezza. »

«È cosi, atroce? » Solo questa realtà pareva che lasciasse Sofia sgomenta.

«Non dobbiamo mai dimenticare, da dove veniamo. »

«La signora dice che i traditori meritano una fine atroce. È vero secondo te, nonnina cara? » Matilde rimase sbalordita al pensiero che la nuora potesse pronunciare parole così schiette. « Non essere sciocca, Sofia. Come puoi concepire una tale idea. Dovrebbero essere tutti imbecilli. » Sofia non aggiunse che la signora aveva detto anche questo perché, in quel momento, si rendeva conto di come non potesse essere vero.

« Sai, nonnina, è scoraggiante che non sappiano come è lo zio Arturo. È talmente una brava persona che, a conoscerlo, nessuno pronuncerebbe cattiverie su di lui. »

Era una riflessione giusta e insolitamente ingenua.

«Non si tratta di lui, tesoro ... ma di quello che rappresenta. È difficile, per la gente che sta al di fuori delle stanze del potere, sapere i tanti problemi che affliggono questo nostro paese, e sentirsi protetti. Nessuno potrà mai sapere quanto Arturo si preoccupi per loro. Non lo vedranno mai ... ecco ciò che affligge. Adesso è di nuovo a Roma. Devono essere momenti difficili per Bianca Maria. Come vorrei andare a trovarla. »

«Anch'io! Ma non mi lasciano uscire di casa. Ci vorrà tanto, ormai, per recuperare il tempo perduto con la signorina De Martini. »

«Non corrucciarti! » Matilde la stava osservando, le pareva che adesso, avvicinandosi il giorno del ricevimento, Sofia, diventasse sempre più affascinante, fine, delicata, con quei capelli biondi, e i grandi occhi verde smeraldo, un portamento signorile, che, a volte, ricordava la sua defunta madre.

Era davvero affascinante.

«Nonnina cara, che noia. » Sofia iniziò a canticchiare, mentre Matilde ascoltava piena di ammirazione.

«Oh! Mi trovi così noiosa, mai nessuno ha trovato tanto coraggio a dirlo guardandomi negli occhi. »

«Perdonami. Non volevo offenderti. » Ma il semplice fatto di trascorrere le giornate chiusa in casa la rendeva inquieta. E poi Marzio era dovuto partire. Non conosceva bene il motivo.

Costanzo ricevette la notizia e scomparve di casa nel vano tentativo di parlare con Arturo, di rientro dalla capitale.

Voleva capire che stava succedendo ma, soprattutto,

assicurarsi che Marzio stesse bene.

All'improvviso, era stato conscio del pericolo cui poteva esporsi suo figlio. Una vita, per un'altra vita. « Vendetta » gli sembrò, di colpo, un'espressione che voleva dire fin troppo per lui - poi decise di recarsi in stazione per accogliere il podestà e il suo illustre ospite. Lungo la via si stupì di fronte alla folla della città mentre piccoli capannelli si formavano agli angoli delle piazze a commentare la notizia di un giovane colpito. Si chiese se Marzio non avesse avuto ragione a preoccuparsi. Ora, anche lui era ansioso di sapere e parlare con Arturo.

Ma fu solo quando imboccò il lungo viale diretto alla stazione e vide una dozzina di poliziotti che tra urla concitate trasportavano qualcosa, il corpo di un uomo ... Costanzo si sentì sfuggire un lamento e abbandonò l'auto, urlando: « Oh, mio Dio ... oh, mio Dio... » Infine comprese. C'era sangue dappertutto. Arturo. « Oh, mio Dio ... » Costanzo li fissò con occhi sgomenti, poi riuscì a pronunciare poche parole.

« È vivo? » Pensava ad Arturo. L'amico di una vita. E invece.

Il poliziotto, dallo sguardo arcigno, bofonchiando: « Ancora per poco. » Uno di quelli ... uno di quei socialisti, gli aveva sparato tre colpi di rivoltella all'uscita della Stazione ferroviaria ... ma, fiero come sempre, Arturo era uscito incolume. Non così il suo illustre ospite, il giovane parlamentare, Benjamin Musoni, appena giunto in città. « Presto ... »

Poi gridò a Giovanni, che era agitato quanto lui:« Vai a prendere immediatamente il medico! »

I poliziotti fissavano la scena indifferenti. Pensavano

che non c'erano speranze ed era questo il motivo per il quale lo avevano adagiato a terra. Era escluso arrivare a Palazzo Visconti. Arturo rivolse uno sguardo vuoto ma riconobbe e sorrise all'amico.

« ... Un medico ... presto. » Non aveva idea, ma capiva che bisognava fare qualsiasi cosa ... qualunque cosa ... dovevano strapparlo alla morte. Aveva fatto scudo ad Arturo. Doveva intervenire prima che fosse troppo tardi. Arturo si sentì afferrare da una mano ferma e vide Bianca Maria, giunta in città ad accoglierlo.

« Non preoccuparti, Arturo, sono qui con te ... mio caro. » Bianca Maria aveva sentito le urla concitate.

I poliziotti assistevano in un angolo, indifferenti.

Un'altra auto giunse sul piazzale della stazione, dentro Matilde del Maino, insieme alla giovane Sofia. Accorse alla notizia. Sconvolte.

Costanzo immobile senza sapere cosa fare vedeva il sangue di un'eroe che scorreva copioso. Sofia, scossa dal terrore, accorse alle urla e resto in un angolo, dietro i poliziotti. Confusa.

«Ben ... » sussurrò.

«Sei qui? » La voce di Costanzo era quasi un sussurro. Bianca Maria, come un generale chiamando a raccolta i suoi uomini, urlava « ... presto ... presto ... » Doveva lottare per quell'uomo che aveva salvato il podestà. Il suo adorato marito.

Bianca Maria cominciò a prestare le prime cure e Matilde cercava qualunque cosa per tamponare le ferite di Benjamin Musoni. La moglie del podestà stava tentando di fermare il sangue e ci riuscì.

«Per la Patria ... » Benjamin Musoni sorrise ancora una

volta, e svenì.

Era arrivato anche il medico, non era troppo tardi.

Sofia si accasciò sotto il peso di un indicibile dolore. Quasi nessuno sapeva ancora dei delicati sentimenti che la legavano a quel giovane fino a quel momento ammirato in un ritratto con dedica.

«Vieni, Sofia. Lasciamo lo trasportino in ospedale.

Con gentilezza, Matilde obbligò Sofia a seguirla verso l'auto. Non c'era niente che potesse dire per placare il suo atroce dolore e non ci provò nemmeno.

«... mio Dio ... mio Dio ... morirà!» Matilde la tenne stretto tra le braccia. Sofia non riuscì più a trattenere il pianto. Non riusciva a pensare che una sola cosa: proprio quel giorno aveva scritto a Liliana ... » E adesso il suo adorato Ben ... poteva morire ... nella sua città. Fissò il padre con gli occhi colmi di lacrime.

«Papà, cosa sta succedendo? »

«Non lo so, piccola ... » La tenne stretta a sé e Sofia si abbandonò ai singhiozzi fra le sue braccia. Dopo un po' Costanzo l'affidò alle cure amorevoli della nonna.

Matilde era molto preoccupata. Allungò una mana, cercò la sua e gliela strinse. Costanzo la guardò negli occhi, e vi scoprì un'infinita saggezza.

«Oh, Ben! » gridò stringendosi a lei disperatamente.

Con lui rischiava di andarsene un sogno.

Indice